三國風雲人物傳 ⑦

忠義俠士關羽

宋詒瑞 著

新雅文化事業有限公司
www.sunya.com.hk

目錄

本書內容參考並改編自史書《三國志》、小說《三國演義》及其他有關資料。

三國人物關係圖

曹操陣營

謀士

司馬懿 字仲達

軍師

郭嘉 字奉孝

曹操 字孟德

武將

張遼 字文遠

徐晃 字公明

夏侯惇 字元讓

曹洪 字子廉

曹仁 字子孝

劉備陣營

武將・五虎大將軍

關羽 字雲長

義兄弟

張飛 字翼德

義兄弟

劉備 字玄德

皇叔

妻子

馬超 字孟起

趙雲 字子龍

黃忠 字漢升

謀士

軍師

諸葛亮 字孔明

哥哥

孫權陣營

孫權 字仲謀

妹妹 孫尚香

← 家族

← 軍師

父親 孫堅 字文臺

母親 吳國太

哥哥 孫策 字伯符

武將

黃蓋 字公覆

周瑜 字公瑾

陸遜 字伯言

呂蒙 字子明

謀士

魯肅 字子敬

諸葛瑾 字子瑜

天子及諸侯們

董卓 字仲穎

← 脅持

← 義子

武將

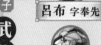

呂布 字奉先

華雄

漢獻帝

↑ 父親

漢靈帝

袁術 字公路

弟弟 →

袁紹 字本初

武將

顏良

文醜

世家子弟成逃犯

·────── 鐵匠之子 ──────·

那時是東漢桓帝延熹三年（公元160年）。一天，在山西省解州鎮常平村裏，離一家農戶不遠處，有一座用竹竿鐵皮搭起的簡陋大棚。棚內一座鐵爐**熊熊燃燒**，一個粗壯大漢舉着大錘叮叮噹噹地在用力捶打一根鐵條，火光映照着他那紅紅的臉，額上的汗珠成串往下掉，一把鋒利的鐮刀漸漸在他手下成形⋯⋯

這是村內有名的鐵匠馮毅，他的

手藝**家喻戶曉**，常平村農家使用的鐵製農具差不多全出自他手；而且他為人忠厚，**有求必應**，村民親切地稱他為「馮鐵」。

一個村民經過鐵匠舖，大聲打招呼：「馮鐵，怎麼今天還不歇工？產婆不是到了你家，嫂子不是要生了嗎？」

馮毅忙得頭也不抬，回答道：「黃伯等着要這把鐮刀，我答應他今天趕出來的……」

正在此時，從不遠的茅舍中有名農婦飛奔過來大叫：「生了，生了！馮鐵，是一個大胖小子！」

馮毅**喜不自禁**，臉上露出了笑

容，但是忙碌的手還是沒有停下來。搭訕的村民連聲道賀：「恭喜恭喜，頭胎生男，**後繼有人**！還不回去看看！」

馮毅捶打了最後幾下，才滿意地放下鐵錘，喜滋滋地向茅舍跑去。

今日是農曆6月24日，馮毅家誕下了獨子，取名馮賢，小名長生，即是日後萬人崇拜的關公——關羽。

＊　　＊　　＊　　＊

因襲了父親的強壯體魄，馮賢生

得非常壯實，不僅身高體重強於同齡孩子，而且長得**濃眉大眼**、**虎頭虎腦**，一副討人喜愛的模樣。父母的疼愛自不在話下，雖不是富貴之家，但也能供足溫飽。馮毅不是個粗人，略識文采，懂得對孩子的教育。自兒子幼時起，就親自教他識字看書，還常常給他講聖賢古人的故事。

馮賢漸漸懂事，對學習也表現出很大的興趣。一天，父親拿出一本古書給他，說：「長生，你識的字已經不少了，可以開始看這本《春秋左傳》了！」

「這本書講什麼呀？」馮賢問。

父親說：「它不單單記述了春秋時期的歷史事實，也是很精彩的文學作品，裏面有很多好文章。你的祖父很喜歡讀，也教我從小讀，所以我也要傳給你讀下去。」

「對了父親，我沒見過祖父，他也是鐵匠嗎？」馮賢問。

父親歎了一口氣說道：「應該給你講講我們的家史了！長生，你要知道，你的祖先不是普通人啊！從族譜上看，我們的祖先是一千多年前夏朝最後一代君主夏桀的宰相，名叫關逢龍，是個大官啊！」

馮賢不明白了，問道：「祖先姓

關，那麼我們怎麼現在是姓馮的呢？」

父親搖頭歎息：「我們的關祖先性情耿直，忠於職責，眼見不平不公的事就要出聲。當時夏桀暴虐，終日享樂，令到**民怨載道**，祖先進諫，勸他以民為本**改過自新**，才能重獲民心。夏桀不聽勸告，反而聽信了讒言，誤以為祖先有反叛之心，一怒之下殺了他。家族為避免受牽連，連夜南逃到了此地，改為姓馮，就此隱姓藏名，淪為平民百姓，務農為生，這才逃過了**滅門之災**。算起來，你是我們祖先第三十七代後裔了！」

「哦，原來是這樣！」聽得出神

的馮賢**恍然大悟**，「我們的祖先真是了不起！」

「你的祖父馮審也很了不起呀！他**知書識禮**，在村裏辦學堂教育孩子，很受村民尊敬；書籍記載說他『沖穆好道』，意思是說祖父是個温和、肅穆、走正道的人。他在家教我讀四書五經，《易經》、《春秋左傳》是他最愛讀的書。他常常給我講祖先的故事，教我要繼承祖先正直、忠於公義的精神，為百姓辦好事。就在你出生前三年祖父過世了，享年六十八歲，當時全村人都來弔喪呢！」

「聽說父親您在祖父墓前搭了個草棚，守孝整整三年，您的孝心感動了大家，都說您是一位大孝子！」

「這是我們文人世家應該做的事呀！**百善孝為先**，你要記得這個道理。」

馮賢從小受到父親如此教導，又深受祖先品行影響，繼承祖訓

學讀經典，所以他**深明大義**，明辨是非，忠義俠膽的種子早就在他的心田種下。

當時社會上一個家族研究一種經學，是很流行的事，所以馮賢就認為《春秋左傳》是他們關氏家族要傳承研究的經典。自此之後，他就經常把這本書帶在身邊閱讀，而祖先的正義形象也深深刻印在他心中。

鋤奸惹禍

馮賢很孝順父母，眼見父親整日在鐵舖捶打，**汗流浹背**，辛苦不堪，就主動提出要當父親的助手。馮毅不

答應，說：「這是很辛苦的活兒，我自己還能承擔，你還是好好讀書吧！」

馮毅把兒子送到村內一位名為胡斌的教書先生那裏上學。馮賢學習很專心，但是一有空閒還是常常到鐵舖來幫手。等到手腕有了力氣，有時父親也讓他跟着捶捶打打，學到了一些打鐵手藝。

胡斌老師有個女兒叫金嬋，年紀與馮賢相若，一起讀書，漸生情愫。胡斌也很中意這個**憨厚**健壯的青年。到了十七歲，已是男子該成家的年齡了，馮胡兩家結親，馮賢娶了金嬋。

＊　　　＊　　　＊　　　＊

父親過世後，馮賢接下了鐵舖的工作，以此維生，日日夜夜的捶打練就了他一身結實的肌肉和強大的臂力；他還經常練武，弄槍耍刀練出了一身武功，是村裏數一數二的大力士。雖然身強力壯，但是馮賢並不甘心長久當一名農村鐵匠，他常看《春秋》和《易經》，研讀古今歷代興衰史。當時漢室已趨衰敗，國力漸弱，馮賢**心懷大志**，想離開農村，去郡城謀個差事為朝廷效勞，為振興國家出力。

十九歲那年，馮賢離家來到解州城。他去求見郡守，想申述自己的報國志向，獲得為朝廷做事的機會，但是堂堂郡守怎會理會這個無名小輩？郡守拒不接見他，當晚他就在一間小客棧裏住下。

馮賢**夜不成寐**，前思後想，也覺得自己做事太魯莽了，郡府怎會平白無故錄用一個鄉村平民？正在歎息之際，忽然聽得隔壁房間有人也在**長吁短歎**，繼而抽泣聲聲。馮賢一驚：難

17

道隔壁也是個不得志的**天涯淪落人**？

　　馮賢在鄉間素來平易近人，助人為樂，而且**嫉惡如仇**，遇到不平之事都要出頭討個公道。這下按捺不住好奇心，想探個究竟，便敲響了隔壁房間的門。

　　開門的是個中年男子，見馮賢好意前來詢問，便迎他入房，**一訴衷腸**。

　　「兄弟，不怕你笑話，我韓守義真是被迫得不想活了！」說着，他掩面又哭了起來。

　　「韓兄，有什麼傷心事不妨說與小弟聽聽，**天無絕人之路**啊！」馮賢好言相勸。

　　韓守義抽泣着慢慢說出事由：他的居住地是個鹽湖區，城區靠近鹽池，所以地下水都是鹹的，不能食用，全城只有為數不多的幾口甜水井供百姓取水。

　　但是，有個叫呂熊的惡霸員外，平日勾結官吏**為非作歹**，他叫人留下一口甜水井，把其餘的都封了，規定只能由年輕女子前來取水。女孩們來到，呂熊就恣意調戲耍弄，遇到看中了的，就強迫留下作妾婢。

　　韓守義夫妻倆生有一女，正值青春年華，前幾天就是這樣被呂熊霸佔了！夫妻倆真是**痛不欲生**……

馮賢聽得**怒髮衝冠**，問道：「天下豈有此等不公之事！沒有王法管治這類惡霸了嗎？」

「唉，呂熊一手遮天，百姓們都含怒不敢言。」韓守義說，「今日我特地來到郡城告狀呼冤，但郡府都知呂熊員外惡名，官官相護，根本不搭理我們百姓的申訴，連一張狀紙都不收！」

馮賢拍桌而起：「這廝住在哪裏？小弟為你報仇去！」

第二天，馮賢買了一把大刀，怒氣沖沖直衝到呂熊宅邸，手揮着大刀一路殺去，呂府護衞都不是他的對手。他一路殺到內室，一刀直刺呂熊

咽喉，大聲叫道：「看你還能**橫行霸道**到幾時！」他總共殺了男女老少十八人，解救了十幾個少女。韓守義接到女兒，連聲拜謝恩人，歡歡喜喜回家。

闖下了這等**彌天大禍**，這下解州不再是馮賢的容身之地了，他只得**離鄉別井**，逃亡他鄉，就此開始浪跡天涯，再也沒回過老家。

逃亡生涯

惡霸員外呂熊一家被殺，是當地的一件大案，官府立即發下通緝告示捉拿殺人重犯馮賢，各地重要關口都加設

了關卡，所有過關的人都要被盤查。

　　馮賢來到城關，若要南下一定要通過此關口。眼見關前眾人都在一一接受盤查，馮賢知道自己很難通過。他**急中生智**，打破了自己的鼻子，用血塗在臉上，使膚色變得深黑；又拔下自己一些頭髮黏在嘴唇上下做成假鬍子，這樣自己看起來就不是那麼年輕，而是像個歷經生活磨難的中年人了。

　　過關時，官兵大聲道：「報上你的姓名！」

　　真實姓名當然說不得。馮賢想起自己的祖先本姓關，現在又正在過

關，就脫口而出：「姓關，名羽！」這時他抬頭望天，正好高空中有隻大鳥在白雲下飛翔，他**心血來潮**，加上一句：「字雲長！」意思是天高雲長，過了這個關口，就能像這大鳥一般海闊天空任我展翅飛翔！從此，他就以關羽及雲長之名開始他的精彩人生，再也不用本名，人們便漸漸忘了馮賢這個名字。

＊　　　＊　　　＊　　　＊

逃亡生活異常艱苦。因為沒有了身分，而且要掩蓋自己的身世，所以關羽生活得非常低調，常常是**獨來獨往**，不主動與人打交道以免暴露

身分。但是為了求得一日三餐維持生存，總得找些活兒做，所以關羽又不得不動腦筋，尋覓一些可以少接觸別人的事來賺錢換取溫飽。

　　山西省西南這一帶，盛產湖鹽。當時，鹽是非常重要的資源，尤以解州地區所產的鹽稱為「解鹽」、「河東鹽」，質量好，銷路廣。位於陝西、山西、河南三地交界處的解州，是一個重要的鹽商集結買賣之地，很多居民做鹽的生意，靠此生活。所以關羽首先也是想到了這條生路，心想：「對呀，家鄉也是鹽鄉，滿眼都是白雪雪的湖鹽，何不就此着手？」

　　住在鹽湖旁的居民常以不法手段偷偷撈取湖水，用土法製作湖鹽供自家食用，這其實違反了朝廷的湖鹽管制，但是官吏都**睜一眼、閉一眼**，不認真管理，關羽就利用了這個機會。他先到這些居民手中用低價取得湖鹽，再拿到市集以較高價錢賣給城鎮居民，賺取差價。起初他沒什麼本錢，只是用極少的錢買了一些試試，在市集也不能擺攤，只能偷偷向人兜售，不敢賣得太貴。不料他的低價鹽很受歡迎，需求的人很多。關羽賺到了一些錢，買賣就做得大一些，日子便漸漸好過。

　　但是，**好景不長**。解州官府沒有抓到馮賢歸案，重大的案件久久沒偵破，就把通緝範圍擴大到各小城鎮。那日，關羽在市集見眾人圍在街頭一處駐足觀看，而且**議論紛紛**，他好奇上前一看，不禁大吃一驚！牆上新貼出的通緝令上，赫赫寫了他的本名、籍貫和罪行，並附有一張他的畫像，勒令知情者報案，大大有賞。

　　此時的關羽已蓄起頷下長鬚，長期在外奔波也讓他曬得膚色紅黑，可說已是**改頭換面**。雖然通緝令上的畫像已不似他現在的模樣，所列姓名在此地也無人知曉，但是關羽還是覺得

危機逼近，此地留不得！於是，他連夜離開這個已經離老家很遠的小鎮，繼續向南逃亡。

關羽離開了山西省界，來到河南地區。這裏不是湖鹽產區，他的小生意做不成了，要**另闢蹊徑**。

關羽在此人生地不熟，一切要從新開始。起初，他只能憑自己的力氣去找工作——搬運工、清潔工、蓋房的泥水小工……甚至還曾經到過鐵舖去幫忙。總之，做的都是一些臨時的雜活，僅能勉強每日糊口。

有一天，關羽經過一個村落，正是秋天時分。他偶然抬頭一望，見村

路兩旁的農家院落裏都長着高大的棗樹，樹上結滿了正在成熟的青青紅紅色大棗。那天他正是飢渴難忍，便等到天色轉黑，農家都已熄燈安睡，就爬上一棵棗樹，坐在樹上採摘大棗吃了個飽。

吃飽後，他就心生一計。第二天，他找來一個大布袋，再趁天黑到一處棗樹長得濃密、**果實纍纍**的農家，爬上樹摘滿一袋大棗，隔天趕個早市廉價售賣。他的棗大顆又新鮮，很快就售完。這條生路走得通！於是他便做起這門生意，雖說是偷偷摸摸見不得人的勾當，但他自我安慰：

這裏家家盛產大棗，很多家自己吃不完，也沒餘暇和人力摘下售賣，任大棗跌落地上爛掉也是常事，我這是不讓**暴殄天物**，使大棗物盡其用，行的也是正道啊！

如此一想，他就稍微心安理得了。但是，危險還是有的，有時他的響動太大，引得棗樹主人出門來捉賊，狼狽逃竄也常有。好在關羽體格強壯，手腳靈便，從沒被捉到過。為了更加隱蔽自己，關羽還特地穿一套綠色衫褲，如此隱藏在棗樹上便不易被發現。唉，為了生計，真是費盡心機，**無所不用其極**啊！

桃園結義三兄弟

邂逅劉張

如此行行走走、走走停停，哪裏覓得生計就留下，機遇不佳或危機逼近拔腳就跑；日無固業，夜無定居，關羽的逃亡生涯已過了五、六年，艱苦的生活把他磨練成一個見過世面、**通達人情**的青年了。

時值東漢末年，漢靈帝在位。關羽在流亡途中也聽到不少關於朝廷腐敗、奸臣掌權、皇帝無能的傳聞，眼見各地百姓度日艱難、**民不聊生**的情

景，關羽心中怨憤難平，有心想為國解難，但又覺得自己是一介草民，加上還是一名逃犯，根本無能為力。

光和七年（公元184年），傳來冀州張角兄弟發動黃巾之亂的消息，口號是「蒼天已死，黃天當立；推翻東漢，太平道奪取天下！」氣勢洶洶的黃巾軍分幾路向各州進犯，聽說有一路已侵入幽州界。百姓人心惶惶，紛紛準備逃難避亂了。

那天早上，關羽在一家麵攤叫了一碗清湯麵吃，聽到同座兩人在議論：「知道嗎？幽州太守劉焉在招兵了！」

「是呀，黃巾軍強勢進攻，州郡

這幾個兵怎麼抵擋得了？兵力大大不足！」另一人回應。

「聽說招募義兵的通告張貼在涿縣，咱倆去試試，怎麼樣？」一人建議。

「參加義勇軍倒是一條生路，供食供住還發軍餉，比現在每天找工做強多了！」

「哎，小算盤打得真精！不想想義兵是要去打黃巾，保衞朝廷的呀⋯⋯」

關羽得到這個消息非常興奮。他正愁**報國無門**，如能參加義勇軍殺敵，豈不可一遂心願？於是他立馬動身。關羽這幾年一直是從解州向南

走，現在已經離涿縣不遠了。

這天，關羽終於走進了涿縣縣城。他在市集上果然見到了幽州太守招募義兵的告示，上面寫得明明白白：⋯⋯凡成年男丁身強體健者，不限身分年齡，快向各地州郡官府報名加入義勇軍，殺敵立功⋯⋯

關羽長途跋涉，走得很累，又飢又渴，一眼望到不遠處的一排店舖，有一家門口飄着一面上有大字「張」的幡旗，想必是個酒肆可以喝一杯，歇歇腳，便向那兒走去。

誰知他剛走到酒肆門口，就被一個伙計攔住：「客官止步，小店已經

打烊了。」

「什麼？還沒到掌燈時分，已經休息了？」關羽大聲喝問。

「因為今天店裏的肉已經賣完，只好提前打烊。」伙計回答。

「哪有這樣做生意的？老子今天就要在這裏吃肉，快拿肉來！」又餓又累的關羽變得異常急躁。

伙計笑笑道：「你聽我説，肉是有的，但是只怕你拿不動！」

「什麼意思？」

伙計解釋：「我們掌櫃是買了不少肉，但每天只拿出一天的用量，用完就關門，其餘的肉就放在這口井

裏，用大石壓着。你要是能搬動這塊大石，肉就是你的了！」伙計指着大門右邊的一口井說道。

關羽聽罷**哈哈大笑**道：「原來如此，小事一樁！好吧，待我親自來取肉！」說着，他將將衣袖走到井邊。

圍觀的幾個伙計都笑道：「省省你的力氣吧！這塊大石有五、六百斤重呢，除了我們掌櫃，誰也動不了，別妄想吃到井裏的肉了！」

關羽大怒：「什麼大石？沒有我搬不動的石頭，你們就等着看吧！」

聽得門口**吵吵嚷嚷**，從酒肆裏走出兩人，伙計連忙上前向其中一位報告：

「張掌櫃，這漢子要取井裏的肉！」

　　張掌櫃打量眼前這個莽漢，見他身高九尺，美髯飄逸，紅棗臉、丹鳳眼、臥蠶眉，一副威武樣，不像平庸之人。張掌櫃與身旁一位男子交換了

一下眼色，兩人心有同感。

聽說面前這位**不速之客**果真要動手取井內之肉，張掌櫃笑道：「至今尚未有客能成功取出，客官若有此雅興，請！」

關羽大步走到井邊，雙手向下一探，**輕輕鬆鬆**就舉起大石往地下一扔，接着就撈起井中的一大塊肉提在手中！眾人見了不由得都拍掌叫好。

張掌櫃也看得吃驚，心中暗暗為這位大力士叫好。他走上前向關羽作揖道：「壯士力大無窮，佩服佩服！今日有幸相識，請進敝店與我和朋友一起飲一杯！」他轉頭吩咐伙計速煮

幾道肉菜來下酒。

關羽見掌櫃**彬彬有禮**，也就消了心頭之氣，於是隨兩人入座。

掌櫃首先向關羽介紹自己，掌櫃大名張飛，字翼德，本地人，以屠宰為生，並開了這家酒館。關羽見他長得黝黑壯實，八尺來高，頭如獵豹，眼球滾圓，滿臉絡腮鬍子，是個**彪形大漢**；但五官端正，談吐得體，像是有文化修養之輩。張掌櫃介紹他身邊的朋友說：「這位是剛結識的劉兄，名劉備，字玄德，也是涿縣人。」

關羽打量這位劉兄，剛才他與張掌櫃走出來時，關羽就注意到他長相

不凡。這位男子也有八尺來高，雙手及膝，雙耳垂肩，白淨斯文，**相貌堂堂**，有一副富貴相。果然，張掌櫃說：「玄德是漢景帝的後裔，皇室宗族出身呢！祖輩都在朝廷任職……」

劉備笑道：「那是陳年舊事了，因為父親很早過世，所以我和母親成為一介草民，務農為生……」

酒菜上桌，三人邊飲邊談。關羽很好奇：「兩位兄長是如何相識的？」

桃園結拜

張飛笑道：「說來真是有緣，我與玄德是在官府的招兵告示前遇到

的。我見玄德在告示前長吁短歎，忍不住上前斥他若有報國志，為何不參軍殺敵去？正好我也想為朝廷去殺黃巾，就說不如共同行動，便約玄德來我酒館商議如何做。」

關羽興奮得拍案而起：「正合我心意！我也是特地遠道趕來涿縣，想報名參軍的。國難當頭，大男子豈有**袖手旁觀**之理？」

劉備問道：「請問壯漢尊姓大名，是哪方人士？」

關羽坐下說：「失禮失禮，本應先向兩位兄長介紹自己。小弟名關羽，字雲長，解州常平人……」

張飛禁不住插嘴：「哦，解州離此地有八百里呢，這段路程太辛苦了！」

提到老家，關羽黯然道：「此事說來話長。如今見兩位兄長真心相待，小弟不妨實話實說。祖先關家本是夏朝官員，被君主聽信讒言而殺，家屬南逃到解州，隱名務農。多年前，小弟因看不慣惡霸橫行霸道欺壓百姓，一怒之下殺了惡霸一家，成了一名通緝犯，逃亡在外已有五、六年了！」

張飛、劉備同聲歎道：「真是一名**見義勇為**的好漢！」

關羽說：「小弟已把生死**置之度外**，今見叛賊作亂，願捨身報國。

兩位兄長若不嫌棄，小弟想一起行動。」

張飛、劉備大喜，與關羽一起舉杯共慶。劉備說：「雲長**熱血心腸**又武藝高強，有志報國，是朝廷大幸！」

張飛也說：「我翼德素來喜結交天下豪傑人士，與玄德一見如故，情投意合，想組織有志人士共同抗敵。雲長參與共圖大事，**求之不得**，當然歡迎！」

關羽問道：「若是組織一支隊伍可不是件簡單事，能解決人力物力等問題嗎？」

張飛說：「我翼德這幾年經營屠宰酒館生意，略有薄產，願捐出財物，亦可變賣些田產，作為行動資本。」

劉備接著說：「我在家鄉頗有聲譽，也有些好友。如今黃巾叛賊搞得**國將不國**，不得人心，民不聊生，年

輕人也想找一條報國出路，我看召集幾百人是沒有問題的。」

關羽很受鼓舞，慨然說：「兩位兄長有錢出錢、有人出人，我雲長兩袖清風，只有**赤膽忠心**的九尺皮囊一副，願為解救漢室出力，**赴湯蹈火**在所不辭！」

「好！好！」劉、張二人齊聲歡呼。

劉備建議道：「既然我們三人志同道合，目標一致，何不結義成**生死相依**的兄弟，為國奮鬥一生？」

關羽、張飛都說好。張飛說：「我家有一個莊園，園內桃花盛開，

花開富貴，寓意甚佳，不如移步到桃園正式結拜。」

當天，張飛留關羽住下。關羽在外流亡多年，一直**孤苦伶仃**，隻身上路；今天能遇到意氣相投的弟兄，以誠相待，頓覺**如沐春風**，好似身邊有了親人。他心頭無比暢快，吃飽喝足後安然入睡，是這些年來睡得最醋甜的一晚。

第二天，劉關張三人來到桃園，滿園紅艷艷的**灼灼桃花**平添無限喜氣。張飛早就準備好祭拜儀式的一切用品，擺上牛頭馬首等祭品，點上幾枝香條。三人對天地神祇跪拜後，舉

起酒杯鄭重對天發誓：「我等劉備、關羽、張飛三人雖然不同姓，今願結為兄弟，**同心協力**，救國扶危；上報國家，下安黎民。不求同年同月同日生，只願同年同月同日死。皇天在上，實鑒此心。若背義忘恩，天人共滅！」

誓畢，按照年齡長幼，二十八歲的劉備為大哥，關羽二十五歲是二弟，二十歲的張飛是三弟。儀式完畢後，桃園擺酒席數十桌，招待鄉民共慶。

組織隊伍

弟兄三人開始了**緊鑼密鼓**的組織工作。

張飛沒有食言，他拿出了這些年靠酒館生意賺得的積蓄，又賣掉了十幾畝田地，總算有了一些基本資金。三人正掂量着怎麼善用這筆錢，張飛很發愁：「不少事需要花錢來辦理，包括宣傳動員強壯青年人入伍、

發放一些安家費，還要置辦部隊軍需品……這些錢遠遠不夠，看來我們的財力還差得遠呢！」

關羽覺得內疚：「三弟已經付出不少，差不多**傾家蕩產**了。雲長卻是無能為力，慚愧！」

劉備安慰他說：「現在只是走出了第一步，萬事開頭難，再想想辦法，天無絕人之路！」他又建議道：「目前百姓的愛國熱情都很高，我看我們可以來次募捐，想必有不少熱心人肯出手襄助的。」

張飛組織人力在街頭巷尾廣為張貼招募鄉兵和尋求募捐的手書告示，

所以三兄弟的計劃廣為人知。此招果然有用，陸續有人前來報名，也有捐獻一些錢財的。終於，好運來了！有兩位中山縣的商人張世平和蘇雙，主動來找三兄弟說：「我們經商路過此地，聽聞三位桃園結義，正籌謀組軍殺敵報國，深為三位的愛國情懷所感動。我倆雖是商人，亦有報國之志，現願捐助三位，僅盡**綿薄之力**，略表心意！」

這真是**雪中送炭**！三人大喜，連聲道謝，表示一定不負他們的期望，儘快組軍殺敵。

兩位商人資助了快馬五十四、

金銀五百兩、精鐵一千斤。關羽說：「打仗不能只靠勇氣和武力，手中要有精銳刀槍，運用時才能**得心應手**。我們可以用這些黃金和精鐵打製各自稱心如意的武器。」

劉備贊成：「雲長所說極是，你熟知打鐵技藝，此事就由你負責吧！」

於是，關羽要大家各自擬出心儀武器的模樣。劉備說：「我要一副雙股劍，即是一個劍鞘裏有雌雄兩把劍，雌劍重六斤四兩，雄劍七斤十三兩，可供雙手同時使用。」

關羽讚道：「別看大哥一副白面書生樣，還真有此雙手舞劍的本領呢！」

　　張飛説：「我已有一把『新亭侯刀』，這次打一枝長矛吧！」他畫了一張丈八尺蛇頭點鋼矛的圖樣。

　　關羽一直想要佩帶一把大刀，他要的大刀九尺多長，八十二斤重，刀形似半弦月，刀頭有龍形吐口，名為

「青龍偃月刀」，又名「冷豔鋸」。

劉備看了關羽畫的圖樣吐舌說：
「也只有雲長你這樣的大力士才能使得動這把大刀！」

關羽聯絡了當地鐵匠，親自監工，不多日就順利完工，三人都拿到了稱心的武器，喜不自禁。從此這些度身打造的武器與三人**形影不離**，成為他們上陣殺敵立功的好伙伴。

關羽還督工打造了全身盔甲和各類刀槍，為了覓得合適的好鐵，他還**不辭辛勞**親自跑到著名的武都山去買鐵料。

關羽忙於籌備兵器，劉備和張飛

則埋頭在招募人員。劉備在老家**一呼百應**，青壯年紛紛響應，招來三百多人；張飛在本地的招募也起了作用，有一二百人前來參加，於是組成了一支五百多人的義軍隊伍，由關羽和張飛負責對這些義兵進行武功訓練。

討伐黃巾立戰功

投奔劉焉

劉關張結義為兄弟後，三人同吃同住，形影不離、**如膠似漆**，感情比親手足更親。關羽見劉備回老家一次，就招募到三百餘人，大為佩服，對張飛說：「看來大哥平日積德行善做了不少好事，人緣極好，在老家有那麼大的號召力！」

張飛也說：「大哥貴為皇室宗親，但是絲毫沒有架子，能與我們**平起平坐**，凡事親力親為，看來我們跟

對了人。此次有幸能隨大哥出征，定能為國出力，大有作為！我翼德赴湯蹈火在所不辭！」

關羽想得周全，說：「大哥身分尊貴，我倆身懷武藝，須時刻保護大哥不受傷害，不得有所閃失。」張飛同意。從此凡是劉備外出，關羽與張飛兩人總是一左一右陪伴在兩側，呵護備至。

兵馬齊備，刀槍在手，**萬事俱備只欠東風**！只待出發了。

劉備與關羽及張飛坐在一起商量出發的目的地。

關羽說：「義勇軍的招募告示是幽州太守劉焉所出，我們就去他那裏吧！」

劉備贊成道：「二弟說得對！何況劉太守也是我們劉姓皇室後代，與我算是一家人呢！」

關羽和張飛都不知道這個情況，劉備進一步解釋：「劉太守是西漢景帝的第五子魯恭王劉餘的後裔，地道的漢室宗親呢！他在桓、靈帝時就被拜為中郎，歷任縣令、刺史、太守等重要官職。這次黃巾叛亂，他是最早一批響應朝廷號召，出榜招募義兵組織抗敵的地方官吏，我很敬佩他。」

關羽讚道：「畢竟是漢室之後，不會**數典忘祖**啊！」

張飛是個急性子，他馬上說：

「同意兩位兄長之言，我們趕快前去報到，形勢緊急啊！」

於是，劉關張率領了五百多人的鄉勇隊伍來到幽州府薊縣，由校尉鄒靖引見給太守劉焉。劉焉獲報說是皇室宗親劉備帶領義軍前來助戰，高興得親自到大堂門口迎接。他見劉備相貌不凡，身旁還站立着兩位彪悍武將，**威風凜凜**，心頭大喜。

劉備與關羽、張飛參見太守，報上自家姓名，劉備敍述了三人立志同心伐賊、因而結義組織隊伍的情況，最後說：「今我等率領義軍五百人前來向太守報到，聽候太守調配。」

　　劉焉讚道：「三位愛國志士在漢
室遭難之時挺身而出，出錢出力保家
衛國，可敬可佩！朝廷有如此熱血壯
士，殲滅叛賊**指日可待**！」

　　劉焉問及劉備先祖家譜，捏指一
算，他比劉備年長一輩，於是兩人以叔
姪相稱，晚上擺酒席歡慶。義兵們也被

安排駐下，以好酒好菜招待。

關羽流亡多年，今天才有了安然歸家的感覺，上有大官庇護，下有兵卒受管，身邊有兄弟相伴，眼看將接受重任為國**衝鋒陷陣**，英雄將有了用武之地，此生的日子才不算白活。想到此，關羽心情舒暢，一夜睡到天亮。

輾轉征戰

三人很快接到了殺敵任務。那天，太守劉焉接到線報說，黃巾軍將領程遠志以及副將鄧茂率領五萬人馬來犯涿郡。劉焉急招鄒靖商議，鄒靖說：「劉備的義軍士氣正旺，剛好可

讓他們出戰，一示實力。」於是劉焉就命令劉備三人帶領他們的五百義兵，隨鄒靖出發禦敵。

關羽和張飛聽說有出戰任務，都非常高興。關羽說：「報國機會來到了，我們定**不辱使命**，破敵而歸！」

隊伍開到大興山下，與黃巾軍相遇。只見對方士兵都披頭散髮，以黃巾包住額頭。劉備首先出馬，關羽和張飛左右相衞。劉備舉劍大罵：「叛國逆賊，還不早早投降！」

對方副將鄧茂出戰。張飛手持丈八蛇矛迎戰，一個來回就直刺鄧茂心窩，鄧茂翻身落馬。程遠志大怒，拍馬

衝向張飛。輪到關羽上場了，他舞動手中大刀攔截，程遠志一見此大漢和大刀心中先是一驚，**措手不及**，還沒回過神來，就被關羽一刀砍下，斬成兩段！

黃巾兵見朝廷軍以**迅雷不及掩耳**之勢殺了兩名大將，哪裏還敢戀戰，嚇得紛紛逃跑。劉備率軍追殺，叛軍被殺和投降者不計其數。關羽大呼：「痛快，痛快！」張飛卻説：「想不到賊兵如此不經一戰，還沒殺個痛快呢！」

劉關張大勝而歸，劉焉大喜，親自迎接，並犒勞全體軍士。義軍首戰得勝，全軍喜氣洋洋，士氣更為高漲。

第二天，劉焉又接到青州太守

龔景的呼救信，說是被黃巾軍圍城數
日，即將淪陷。劉焉本想再次請三人
出戰，但是考慮到他們剛凱旋歸來，
理應讓士兵休整養息，就沒有派他們
出戰。但是，關羽催促劉備去向太守
請戰，說：「上一仗打得太快，不痛
快！這次要好好打一場！」張飛也摩
拳擦掌，一心要重返戰場殺敵。劉備
明白他們的心意，就去向劉焉請戰。
劉焉當然高興，他撥兵五千給鄒靖，
與劉關張三人一同前往青州。

　　黃巾軍見朝廷軍來到，為數不
多，就仗着自己人數眾多，分散兵力
作戰，使他們疲於奔命，顧此失彼，

結果朝廷軍初戰不利，被迫退了三十里紮寨。劉備與關羽、張飛商量說：「眼下敵眾我寡，要設法用奇兵取勝。」關羽獻計：「不能集中力量於一處作戰，我軍也須分散。」

劉備與鄒靖商量後，鄒靖也同意這做法。於是，劉備分一千兵力給關羽先行，埋伏在魯山左側，張飛另帶一千人埋伏在右側。第二天，劉備和鄒靖帶領其餘部隊往青州**大張旗鼓**進軍，黃巾軍前來迎戰，劉備卻一路向後退去，把黃巾軍引到山嶺處，鑼鼓齊鳴，左右兩側伏兵一齊殺出，三路夾攻，殺得賊兵退到青州城下，守城

的太守龔景也帶領軍民出城殺敵，黃巾軍大敗，青州得以解圍。

之後本應率軍回幽州，但是劉備對鄒靖說：「聽聞揚州廬江太守、中郎將盧植與黃巾頭目張角，在廣宗一地對戰未見勝負，我少年時曾拜盧植大儒為師，現老師有難，玄德理應前往救助。」鄒靖同意劉備率領本部五百人去助盧植，他就帶領其餘部隊回幽州了。

盧植見劉備等三人帶兵前來，很是高興，但是他說：「我這裏有五萬兵，把張角的十五萬兵圍困在廣宗，尚可對付。張角之弟張梁、張寶在潁

川與朝廷軍皇甫嵩、朱儁打了很久，現在僵持着。你可帶你本部人馬，加上我支援你的一千人，去潁川看看情況，到時可約定時間共同剿賊。」

劉備連夜帶兵趕到潁川，只見那裏火光沖天、殺聲連連，原來皇甫嵩和朱儁已經用火攻之計打敗了張氏兄弟，前來助戰的騎都尉曹操正在追殺他們。皇甫嵩對劉備說：「張梁和張寶敗後肯定去廣宗找張角，你們不如馬上趕回去幫盧植對付他們。」劉關張三人稱是，又調轉馬頭往回走。

誰知半路上見一隊朝廷軍押送一輛囚車，車上被囚的竟是太守盧植！劉

備等大驚，上前問個究竟。盧植説：
「我軍包圍了廣宗，本來破城在即，但
是張角使用妖術，延誤了我軍取勝先
機。此時，靈帝派了宦官左豐來前線
視察軍情，我不肯向左豐行賄，他就向
靈帝誣告我怠慢不戰，**軍心渙散**。靈
帝震怒，派中郎將董卓取代了我，現押
我回京問罪。」

　　三人聽了大怒。關羽、張飛舉
刀要劫囚車，劉備阻止他們説：「不
可亂來！盧公一生為人清白，朝廷自
會有公議。」三人只得悽然與盧植告
別。他們還得到消息，説劉焉已到益
州任職益州牧。關羽説：「既然幽州

太守已換人，盧公也被捕，盧江已是別人領兵，我們已是無處可依，不如回老家涿縣去吧！」

劉備和張飛都點頭稱是，三人便帶隊向北走。沒走了兩天，忽聽得山後殺聲震天，他們登高一望，只見**漫山遍野**的黃巾軍，高舉着「天公將軍」大旗在追趕朝廷軍。

劉備大呼：「糟糕，肯定是董卓打了敗仗！」

關羽急道：「看來這是張角的主力，我們衝上去來個速戰速決吧！」

三人快馬加鞭帶領五百人殺上去。張角正為打敗了董卓軍沾沾自

喜，想不到三名猛將帶一支部隊從正面衝了過來，一時沒有防備，被迫敗退了五十多里。劉備見敵方人數眾多，不利追殺，救下了董卓就收兵。

温酒斬華雄

董卓是河東太守，素來驕橫。當他知道救了自己的劉備沒什麼官職，只是個義軍頭目，就很瞧不起他。張飛很惱怒，提起大刀說要殺了這個負心賊。劉備和關羽急忙攔住他，關羽說：「他是朝廷官，怎可殺他！」劉備也說：「三弟若是心憤難平，我們不必留在此與他共事吧。」

　　於是三人連夜帶軍投靠朱儁，共同討伐「地公將軍」張寶的黃巾軍。朝廷派皇甫嵩替代董卓，此時張角病死，皇甫嵩殺了張梁；朱儁靠劉關張協助也戰勝了張寶，打敗了黃巾軍餘黨韓忠等人，後來又聯同佐軍司馬孫堅平定了幾個叛亂的郡縣。朝廷論功行賞，朱儁也上報了劉備，但是隔了很久劉備才被任命為定州中山府安喜縣尉。

　　這是一個管治地方公安的小官。關羽和張飛都為劉備感到不值，但劉備卻**淡然處之**，把安喜管理得**井井有條**。關羽和張飛日夜與劉備相伴，同桌吃同室睡；若是在人多嘈雜之

地，他倆更是站立左右，儼然是劉備的貼身保鏢。

　　但是這樣的安定日子只過了四個月。朝廷派督郵下來巡視政務，其實是要淘汰一批不合奸臣心意的官吏，換上他們的心腹。劉備沒有向督郵行賄，被他誣衊為假冒皇親虛報戰功。劉備氣憤之下把督郵鞭打了一頓，張飛提刀要殺督郵，關羽也説：「大哥**戰功顯赫**，卻只被安排此等小官職，如今還被這小人侮辱。我們不如殺了他，回老家算了！」劉備把自己的印綬掛在督郵頸上，説：「這種害民賊官本是應當殺掉，今天姑且饒他一命。我也不要

當這個官了，我們走吧！」

三人成了通緝犯，就去代州投靠劉備的宗親劉恢。那時，宦官十常侍把持朝廷大權為非作歹，民怨四起。漁陽的張舉、張純造反，自稱天子和大將軍。劉恢推薦劉關張三人上陣征伐，三人與叛軍大戰數日，挫減了叛軍銳氣，橫暴的張純被部下刺殺，張舉自縊，部下投降。但後來，劉關張在一次對付圍攻高唐的黃巾殘部中寡不敵眾，棄城逃跑，又無家可歸了。

關羽向劉備建議道：「駐兵幽州的中郎將公孫瓚，不是大哥的老同學嗎？我們何不到他手下去盡力？」

劉備採取了這個好主意。公孫瓚歡迎劉備等的來到，他向朝廷上報劉備的屢次戰功，朝廷赦免了他鞭打督郵的罪，取消了通緝令，並任命他為別部司馬，在大將軍手下掌管治軍和徵兵。

關羽很不滿地說：「什麼別部司馬，大哥協助漢室鋤奸，**戰功顯赫**，可惜沒有大樹可罩，就給了這樣一個低級軍職來安撫，真是太不公平了！」

劉備安慰說：「目前這樣已經很不錯了，我們只要做好自己的本分，日子就會一天天好起來的！」

關羽和張飛都很欽佩劉備的寬宏

大量，關羽說：「既然如此，大哥就放手幹，我們永遠支持！」

＊　　　＊　　　＊　　　＊

時值東漢末年，漢室危機日益深重，宦官與外戚互鬥，**兩敗俱傷**。奸臣董卓廢少帝立獻帝，篡奪了朝政大權，殘暴行事，稍有正義感的文武大臣都心懷不滿，為國家命運感到擔憂。

　　初平元年（公元190年），各地諸侯**忍無可忍**，以袁紹、曹操為首組成反董聯盟，集合了十八路諸侯的數十萬關東軍討伐董卓。董卓強迫獻帝遷都長安，自己與義子呂布鎮守洛陽對付關東軍。

　　董卓手下的涼州士兵**彪悍善戰**，接連打敗關東盟軍中長沙太守孫堅和河內太守王匡的部隊。

袁紹急召各路諸侯開會商議對策，北平太守公孫瓚前去赴會時，帶着劉備和關羽、張飛同往，把劉備介紹給袁紹和曹操，並指着劉備身邊的關羽和張飛説：「這是玄德的結義兄弟，是馬弓手和步弓手，在破黃巾軍時屢建戰功。」但袁紹聽罷，不以為然。

董卓的猛將華雄**乘勝追擊**，此時來到關東軍營前挑戰。先後有兩名將領出去迎戰，都被華雄砍死，而袁紹的兩員大將顏良和文醜尚未來到，眾將**一籌莫展**。此時，關羽踏前一步高聲説：「小將願去斬殺華雄！」

袁紹不屑地説：「聯軍還有不少

將領呢，何需馬弓手出戰？怎敢在此胡言亂語，快把他拉出去！」

曹操卻很欣賞這位壯漢的膽色，勸說道：「將軍息怒！此人敢口出狂言，勇氣不凡，不妨讓他去一試！」

關羽一揚濃眉立誓道：「殺不了華雄，請砍下小將腦袋！」

曹操斟了一杯熱酒給關羽說：「喝杯酒壯壯膽吧！」

關羽答道：「酒先放下，回來再飲！」說罷，提起青龍偃月刀出帳，飛身上馬，直奔前線。頓時前方響起戰鼓聲聲，關羽與華雄開始激戰，兩人干戈往來，打得**驚天動地**，殺聲震

天。營內眾將**凝氣屏神**，聽得膽戰心驚。不到一個時辰，關羽提了華雄腦袋回來扔在地上，桌上那杯酒還是溫熱的，關羽端起來一飲而盡。

曹操滿心喜歡，會後單獨宴請了劉關張三人為關羽賀功。

第四章
身在曹營心在漢

落入曹營

隨後，關東軍聯盟內部因為意見不合，在初平二年就無形中解散了，而各家諸侯則互相爭奪地盤擴大自身實力，漢室瀕於**分崩離析**。

諸侯中要數北方袁紹的勢力最大，他**野心勃勃**，先是設計騙了公孫瓚佔領冀州，又去奪青州和并州。劉備帶領關羽、張飛協助青州刺史田楷對抗袁紹，三人騎上駿馬，手舞三大兵器殺得袁紹**心驚手抖**，寶刀跌落地

下，回馬就逃。公孫瓚委任劉備為平原縣令，關羽和張飛都為大哥升為郡級官員感到非常高興。

初平三年，形勢大變。董卓被司徒王允與中郎將呂布聯手刺死，董卓的舊部下聯合復仇，殺害朝廷官員和平民百姓。此時，鎮壓黑山亂民和青州黃巾餘黨有功的曹操迅速崛起，入駐兗州，建立青州軍，形成一股強大的新興勢力。

初平四年，曹操之父在徐州去兗州的路上被**謀財害命**，曹操為報父仇大舉進攻徐州。次年，曹操再次圍攻徐州，劉備帶兵幫助徐州牧陶謙解救

圍城之急，呂布趁機聯合張邈、陳宮攻打曹操的大本營，佔領了濮陽和兗州的大部分郡縣。

翌年曹操捲土重來，在濮陽與呂布大戰，呂布大敗，投奔已接掌徐州的劉備。關羽和張飛都對呂布很反感，關羽說：「呂布是個見利忘義、反覆無常的小人，不能**引狼入室**！」但是劉備不聽他倆的勸阻，收留了呂布。

建安元年（公元196年），曹操打敗董卓餘黨，挾持獻帝以令諸侯，野心**暴露無遺**。他操控了朝廷大權，要獻帝下詔，命令劉備攻打揚州軍閥、南陽太守袁術。

　　王命不可違，關羽主動提出：
「我願留在徐州守城。」劉備說：「我
一有事情就要與你商量，怎能離開
你？」張飛便提出由他留守，並發誓一
定能守好徐州。於是劉備留下張飛，帶
關羽出戰，但是張飛酒醉失職，被呂布
奪取了徐州。劉備和關羽急急返回，關
羽痛罵張飛：「我和大哥臨走前，你是
怎樣發誓不喝酒好好衛徐州的，如今
闖下此等大禍，還有臉來見我們？」

　　張飛**後悔莫及**，要求軍法處分，
但是劉備原諒了他，只怪自己先前沒
聽關羽、張飛勸告，沒認清呂布這個
小人的真面目。

93

　　沒有了徐州，三人失去了**立足之地**。劉備無奈，只得屈從呂布，暫駐守小沛。

　　關羽很能理解劉備的難處，說：「大哥是**萬不得已**啊，徐州畢竟是我們熟悉的地方，百姓也擁護我們。暫先向呂布低頭，再作打算。」於是，關羽、張飛幫劉備在小沛發展，整頓經濟、招募新兵，很快就建立了一支萬人部隊。

　　呂布見劉備在**重整旗鼓**，擔心他會重收徐州，就舉兵進攻小沛。劉備的力量還不足以對付呂布，關羽出主意說：「眼前能對付呂布的只有曹

操，大哥向他求助吧！」

　　曹操幫劉備攻打呂布，在下邳用泄洪法大勝，呂布被五花大綁獻給曹操，處死在白門下。劉關張三人暫時棲身在曹營，關羽提醒劉備說：「曹操是個多疑的人，要須小心提防他。」劉備同意關羽的看法。

　　有一次，劉備和關羽、張飛跟曹操一起去打獵，關羽悄悄對劉備說：「大哥，這是一次好機會，我們乘亂殺了曹操吧！」但是劉備天真地說：「他是匡扶漢室的大將，怎能殺他？」關羽歎道：「唉，今天錯失此良機，只怕會**後患無窮**！」

　　果然，儘管劉備裝作整日種菜**無所事事**，但是曹操還是起疑心，劉備就藉口幫忙對付袁術而帶兵出走，打敗袁術後去取徐州。關羽獻計帶了一隊假扮曹軍的士兵到徐州城下叫開門，刺史車冑出門迎接，被關羽砍死馬下。城內曹軍投降，劉備重佔徐州。

　　建安五年，車騎將軍董承聯手幾位忠臣，圖謀反對曹操一事泄密，曹操狠下毒手處死了多名官員，對參與其事的劉備也**恨之入骨**，發兵徐州。

　　曹操率領二十萬大軍，兵分五路先攻劉備駐兵的小沛。關羽在下邳守護劉備家眷，劉備和張飛在小沛用分

兵劫營法先下手。但是曹操已估計到這一手，在城外布置好八面埋伏。張飛領軍偷襲，卻中了計，被八路曹軍殺得**落花流水**，回去小沛的路也斷了，只好帶着數十騎兵逃往芒碭山。劉備率領的一支部隊也被曹軍前後夾攻，只得去投靠青州袁紹。

曹操謀士建議説：「關羽為保護劉備妻小死守下邳，要設法智取。」曹操派劉備的數十名降兵假裝逃回下邳作內應，關羽見是舊兵**死裏逃生**，未曾懷疑。曹將夏侯惇帶兵在城外辱罵挑戰，關羽大怒，帶三千士兵出來交戰，被引至埋伏圈內遭到攻殺。城

內的詐降兵打開城門迎曹兵入城，斷
了關羽回路。關羽衝不出包圍圈，便
上到一個山頭暫歇。這時，曹操派張
遼做說客，勸說關羽加入曹營。

約法三章

張遼本是呂布部將，下邳一戰
敗於曹操，呂布等被處死，曹操本舉
劍要殺張遼，被關羽以臂擋住，求情
道：「素聞張將軍是忠義之士，**且英
勇善戰**，不如留下為曹公效力……」
於是曹操刀下留人。自此張遼視關羽
為救命恩人，兩人成為好友。

山頭上，張遼**鼓舌搖唇**，數說

99

關羽若是堅持抗爭到死的三大「罪狀」：第一，關羽違背了當年與劉備結義時說要共生死的誓言；第二，他沒有保護劉備託付給他的家眷，第三，他身有武藝卻只想逞**匹夫之勇**而不去保衞漢室⋯⋯

關羽聽了這番**似是而非**的話沉吟着問：「那我該怎麼辦呢？」

張遼趁機獻策：「現在曹軍四面包圍，你若不投降就會白白丟了性命。不如暫時投降，等打聽到劉皇叔的消息再設法脫身。這樣既能保住了兩位夫人，不違背誓約，又**留得青山在**，日後可大有作為。豈不是**一舉數得**？」

關羽聽他說得有些道理，便道：「這樣的話，要是我去曹營，必須答應我三件事。」

張遼見他動了心，大喜，說：「雲長儘管說。」

關羽挺起胸膛說：「首先，我與大哥結盟時發誓要匡扶漢室，所以這次我只是向獻帝的朝廷投降，不是投降曹操；第二，兩位夫人一定要得到善待，而且被保護好；第三，若是我得到了大哥的消息，就要立即帶着兩位夫人前往會合，不得阻攔。」

張遼回去向曹操報告，曹操一向欣賞關羽的膽識與武功，這次聽到了他的三個條件，更是欽佩他的**忠義俠骨**精神，便同意照辦。

於是曹操撤退了包圍關羽的部

隊，讓關羽下山進下邳城去見劉備的
兩位夫人。關羽向夫人謝罪，並告知
與曹操達成的協議。兩位夫人告訴關
羽，說進城的曹軍沒有騷擾她們，同
意關羽與曹操的協定。曹操親自出營
來與關羽見面，並設宴款待。關羽
重複了三個條件，說：「承蒙曹公應
允，希望不會食言。」曹操回答說：
「一言既出怎能失信？」

　　第二天，關羽護送兩位夫人去曹
操駐地許昌，晚上在驛館住宿。曹操
想考驗一下關羽的品行，便故意安排
關羽與兩位夫人**共處一室**。關羽讓
夫人在房內休息，自己手執青龍偃月

刀，守在門外**通宵達旦**。第二天，曹操聽了部下的回報更敬服關羽。

到了許昌，曹操處處優待關羽，給他特賜了一座名為「春秋樓」的大宅，配上侍女服侍；又賜以金銀財寶和貴重的戰服，甚至把以前繳獲呂布的坐騎赤兔馬也送給他。曹操

一心籠絡關羽，希望他能**死心塌地**投在他麾下為他效力。但是關羽**不為所動**，對曹操贈予的財物**不屑一顧**，只是那匹世間難得的赤兔馬他確實喜愛。他拜謝曹操説：「有此**日行千里**的駿馬，日後若是有了大哥的消息，一日內就能前去團聚。」一句**心直口快**的話使曹操後悔莫及。

關羽心中掛念着劉備張飛兩兄弟，偷偷打聽他們的消息，靜待有重逢的一天，但是他也知道，自己必須為曹操做些事來報答他的善待之恩。當曹操又派張遼來探聽口風時，關羽回答説：「曹公待我的確不薄，也謹

守着**約法三章**沒食言，此等恩情我銘記在心，定會為曹公立下**汗馬功勞**來報答。但是我絕不能違背在桃園立下的生死誓言，一定要找到結義兄弟團聚。」

曹操聽聞後也敬佩關羽的義氣，所以沒有強迫。從此就傳下了關羽「**身在曹營心在漢**」一說。

斬殺二將

投奔袁紹的劉備勸説袁紹攻打朝廷叛賊曹操，袁紹也早有消滅勁敵曹操、獨霸北方的野心，所以決定出戰。袁紹兵分兩路：大將顏良渡過黃

河攻打白馬；大將文醜進攻延津。只有三千人駐守白馬的劉延向曹操求援，關羽得知此事，便向曹操**請纓**，願作前部，但被曹操婉拒了。

　　曹操親自帶領五萬士兵去白馬，先後派兩將去迎戰，不料都被顏良砍死，只得收兵。謀士程昱對曹操說：「只有關羽能抵擋顏良。」曹操答道：「只怕他立功後就要離開。」程昱分析道：「若是關羽殺了顏良，袁紹肯定大怒殺劉備，劉備一死，關羽還想去哪裏呢？」曹操點頭稱是，就派關羽出陣。出戰前，關羽先跟兩位嫂夫人告辭，兩位夫人請他順便打聽劉備的消息。

關羽來到白馬見曹操，曹操帶他走上山頭觀看。山下袁軍排列成行，隊形威嚴，**刀槍林立**，曹操說：「看，河北袁軍的陣勢，不可小看！」關羽卻

嗤之以鼻：「依我看不堪一擊！」曹操指給他看：「在那麼旗下面，穿着繡袍披着金甲、拿着大刀騎在馬上的就是顏良。」

　　關羽定睛一看，笑道：「真像是插着草標在賣他的首級，實力不值一提！待我去取其首級獻給曹公吧！」說罷，關羽騎着赤兔馬，手提着青龍偃月刀衝下山來。他筆直飛馳到麾旗前面，顏良還沒來得及開口問來者是誰，就被關羽揮起大刀直砍過來，顏良**措手不及**被刺馬下，關羽割下他的頭掛在馬頸上，再次揮刀大殺。曹軍士兵乘勢衝進袁軍陣內，如入無人之境。袁軍大亂，**丟盔棄甲**逃跑，留下無數兵器馬匹。

　　關羽回到山上，把顏良首級扔在曹操腳下。眾將歡呼，曹操讚道：

「將軍真是神人啊！」關羽建此奇功，曹操稟報朝廷，封關羽為漢壽亭侯，並刻了印章相贈。

袁紹失去一員大將，心痛不已。聽說顏良是被一名紅臉長鬚的將軍所殺，他想一定是關羽，便遷怒於劉備。劉備分辯說不能肯定是關羽，因為他在上次戰役中被打敗了，**生死未卜**。劉備表示願意上陣去探個虛實，並報答袁紹收留之恩。袁紹立即派文醜和劉備去追擊曹操。文醜帶兵七萬先渡過黃河，佔據了延津之上的地勢，命令劉備帶三萬人馬隨後。

曹操不打算守住白馬，他擔心袁

軍會殺回來傷害白馬百姓，便先把民眾往西南遷移，自己帶軍對付袁軍。他吩咐士兵把從白馬帶出來的糧草、布匹、兵器等都亂散在路上作誘餌，前來追殺的袁軍一見滿地財物，紛紛前來搶奪，文醜阻止不得。此時曹將張遼、徐晃趁混亂之際衝上前來刺殺文醜，文醜不愧為袁營名將，他獨自迎戰兩將，放箭射穿張遼頭盔傷了他的面頰，還與前來救張遼的徐晃對殺，袁軍也圍上來助戰。

　　張遼、徐晃漸漸對付不了時，關羽帶領十餘騎飛奔而來，大喝一聲：「賊將休要無禮！」他與文醜交戰數

回，文醜見敵不過這位猛將，撥馬回逃，關羽追上去一刀把他砍下馬來。曹軍隨即一擁而上把袁軍殺得**片甲不留**，也奪回了糧草輜重。

帶着三萬兵隨後趕到的劉備聽部下報告說，文醜被那名紅臉長鬚將軍殺死，他遙望已勝利撤走到對岸的曹軍，只見一面大旗上有「漢壽亭侯關雲長」七個大字，心中暗喜，知道關羽沒死，的確在曹操那裏。此時袁軍前鋒部隊已潰散，其餘人馬也無心戀戰，收兵回營。

第五章
千里單騎會兄弟

喜獲音訊

曹操帶軍勝利回到許都，大擺筵席慶功，更讚揚關羽連殺兩大袁將，**勇不可擋**。正在歡慶之時，忽接急報，說是汝南有黃巾殘黨作亂，駐守那裏的是曹操的堂弟曹洪，屢次出戰鎮壓但是**無功而返**，就派人來求援。

關羽得知此事後，就爽快地請戰：「雲長願前往一戰。」

曹操說：「將軍剛得勝歸來，還沒好好休息，怎能再次勞煩您？」

關羽笑道:「一閒下來就會得病，雲長願意再次出征。」

曹操當然**求之不得**，隨即點兵五萬給關羽，並派于禁、樂進為副將隨行。謀士荀彧警告曹操說:「關羽若是得到劉備消息一定會離去，不能多次讓他出征。」曹操說這次派他去，沒有下次了。

關羽帶兵行進到汝南附近紮營，派人抓來兩個敵方士兵詢問軍情，發現其中一個是劉備舊臣孫乾。孫乾告訴他，自從戰敗後自己一直流落在外鄉，暫留在汝南，最近聽說劉備在袁紹處，正想前去投奔。於是，關羽和

孫乾**內應外合**，勸說了叛軍投誠，平定了汝南之亂。

另一邊廂，袁紹連失兩大愛將，氣得要殺劉備。劉備趕緊說：「既然肯定二弟在曹營，待我寫信去把他招來，二弟重情義，一定會前來效力。」於是劉備寫了一封信，責備關羽忘卻誓言，**貪圖名利**為曹操效勞……並由袁紹派部下陳震送信去。

關羽讀信後大哭，說自己本不知大哥行蹤，為保護兩位夫人暫居曹營，怎會

違背當年盟誓；現得到大哥消息，定會辭別曹操，攜帶夫人來會大哥。陳震問若是曹操不允他離開，怎辦？關羽說：「雲長寧死，也不願長留此地！」關羽就寫了一封回信，託陳震帶給劉備，表示自己忠於兄弟情誼的決心。

關羽把這些情況告訴了兩位夫人，要她們準備行裝隨時離去，然後向曹操辭別。曹操知道他的來意，就在門口掛起迴避牌，故意避而不見。關羽去了幾次都**吃閉門羹**，就去張遼家，但是張遼也託病不出來見客。關羽心想：這分明是曹操不想我離開，但我一定要走，既然不能當面辭別，

就只能藉助紙筆了。於是他寫了一封告辭信，託人送去曹操處。

關羽把曹操多次贈與他的錢財寶物一一點清，封存在庫中；把漢壽亭侯的印章留在大堂桌上，自己只帶走心愛的赤兔馬。一切打點妥當，他便請兩位夫人坐上馬車，自己騎着赤兔馬，手提青龍偃月刀，帶着當時跟隨而來的幾名部下啓程了。

曹操在營內接到關羽的辭別信，又有人來報告說關羽留下財物，帶着二十餘人從北門走了。眾將驚愕，有人說：「曹公如此**厚待**關羽，他竟無情無義不辭而別，若是他投奔袁紹，

無疑是**如虎添翼**，待我帶兵去追殺他，**以絕後患**。」

曹操說：「雲長不忘舊情，來去坦然，也不為名利動心，真是大丈夫！我本已答允他的，豈可失信？不必去追。」他轉頭吩咐張遼先去截住關羽，等自己隨後趕到為他送行，留個人情。

關羽為了護送劉備夫人的車隊，不能縱馬飛馳。車隊行進緩慢，張遼很快就趕上來了，高聲叫道：「雲長慢走！」

關羽令車隊繼續前行，自己拍馬迎上去問道：「張兄莫非奉命來追殺我？」

張遼說：「非也，曹公特來送行，別無他意。」說着，曹操帶着數十人騎

馬過來，兩人在灞陵橋上相遇。曹
操問道：「雲長為何如此匆匆
離去？」

關羽答道：「既得到大哥信息，雲長便急於護送夫人歸去與大哥團聚。幾次向曹公辭別不得相見，只好留函作別，望曹公不會忘了昔日的承諾。」

曹操說：「我怎會食言呢？只是擔心雲長盤纏不夠，特來送上。」說着，手下便端來一盤黃金。

關羽婉言辭謝：「多謝曹公恩賜，雲長心領了，請把這些黃金轉贈將士們吧。」

曹操又令部下奉上錦袍一件：「雲長**高風亮節**，令人敬佩。我以此錦袍略表心意，請笑納留作紀念。」關羽覺得不好再推辭，便用刀尖挑起

錦袍披在身上，回馬邊行邊道：「多
謝曹公賜袍，後會有期！」

　　曹操手下憤然說：「此人太無
禮，為何不捉了他？」曹操說：「不
可違言。我無福分留住他就算了！」
說罷，撥轉馬頭悵然離去。

連斬六將

　　曹操雖然放走了關羽，但是他的
命令尚未傳達到各地，所以關羽這一
路上波折重重。為了早日護送夫人與
劉備相見，他**心急如焚**，不顧一切掃
除路上的障礙，因此上演了驚心動魄
的**過五關斬六將**。

　　前往洛陽的路上首先到了**東嶺關**，守將**孔秀**帶領五百士兵把守在嶺上。孔秀向關羽要曹操准許過關的文件，關羽說：「因臨走匆忙，未曾領取。」孔秀說要稟報曹操問個究竟，關羽怕耽誤了行程，不同意這樣做，孔秀便要關羽留下老小為人質。關羽大怒，提刀衝上來要殺他，孔秀騎馬挺槍迎戰，兩人交戰不到一個回合，孔秀就被一刀砍下馬來，守城曹兵紛紛下拜。關羽對他們說：「我只是路過，孔秀不讓我過，請你們轉告曹公，我是**迫不得已**才殺他的。」

　　過了東嶺關，關羽一行直奔**洛陽**。

洛陽太守**韓福**聚眾將商議對策，大將**孟坦**建議用計暗傷關羽，捉住後押送許都必得重賞。關羽來到時，韓福領兵一千，彎弓搭箭排列在關口。關羽交不出曹操批件，孟坦揮動雙刀首先出戰，交戰一會就往回走，想引關羽進入弓箭射程。不料關羽快馬趕上，一刀把孟坦砍成兩段。韓福趕快放箭，射中關羽左臂，只見關羽迅速拔出臂上的箭，不顧血流不止，奮力衝前，韓福措手不及，被他連頭帶肩砍在馬下。曹兵嚇得**作鳥獸散**，關羽車隊迅速過了關。

關羽扯了些布包紮傷口，連夜趕

到**汜水關**。守將是**卞喜**，他本是黃巾餘黨，戰敗後投奔曹操被派守於此，善於舞流星錘。卞喜安排了二百刀斧手埋伏在關口前面的鎮國寺，他親自出關迎接關羽，假意説是敬佩他的忠義，理解他的借路過關，要在寺內宴請他。寺內有位普淨方丈是關羽同鄉，他舉起佩帶的戒刀，向關羽打眼色。席間，關羽**直截了當**責問卞喜：「太守宴請，是好意還是惡意？」卞喜還沒回答，關羽已經看見帷幕後面的埋伏，便説：「雲長還以為你是好人！」卞喜知道事已敗露，大叫：「左右快下手！」關羽揮刀砍殺衝出

來的伏兵，卞喜繞廊逃走，並用流星
錘向追來的關羽擲去，被關羽用刀擋
住，反刀一砍殺了他。

關羽謝了普淨方丈，護送車隊向
滎陽行進。滎陽太守**王植**是韓福的親
家，聽聞韓福被關羽砍殺，就想設計
殺了關羽來報仇並向曹操邀功。於是
當關羽車隊來近時，王植出城笑臉相
迎，邀關羽一行進城，住進驛館休息
一晚。關羽**不虞有詐**，也正想讓大家
解除疲乏，就依從安排。

王植吩咐手下胡班帶一千士兵，
於三更時分圍住驛館，一人手執一個火
把一齊放火，要燒死關羽一行。胡班想

看看大名鼎鼎的關雲長是何等模樣，便去了關羽房。他見到關羽端坐房內看書，**儀態自若**，**威嚴堂皇**，心中暗歎真是一位天人，便上前攀談起來。他被關羽的俠義心腸折服，不忍心下手殺害，和盤托出王植的陰謀。

關羽大驚，迅速喚醒夫人和車隊上路。胡班為他們打開城門，回去按計放火。王植發現關羽已離開，速速帶兵追來，大叫：「關雲長，休想逃走！」。關羽回馬大罵：「我與你無怨無仇，為何要放火害我？」兩人交戰，王植哪裏是關羽的對手？只一個回合，就被關羽攔腰砍為兩段，士兵都嚇得四散。

關羽不敢耽擱，帶領車隊來到黃河邊。**黃河渡口關隘**守將是夏侯惇部下**秦琪**，他向關羽索取曹操批件，說：「若是沒有批件，諒你插翅難飛！」關羽怒言：「你知道一路的攔截者都被我殺了嗎？」秦琪說：「那些都是無名小將，你敢殺我嗎？」關羽嗤之以鼻：「你能比得上顏良、文醜嗎？」秦琪大怒，策馬直奔向關羽，關羽**不費吹灰之力**，交戰幾下就把他砍殺了。見主將人頭落地，曹兵大驚，**手足無措**，關羽說：「我殺的是擋路者，與你們無關，快準備船隻送我們過河。」曹兵划船幫關羽車隊

過了黃河，進
入袁紹的地
盤。

關羽為
了尋找結義
兄弟，掛印
封金，單騎千
里過五關斬六
將，造就一段忠
義俠骨佳話，**名震河山**。

兄弟團聚

關羽帶着車隊繼續向北走，忽有
一人騎馬從北面飛奔過來大叫：「雲

長且慢走！」定睛一看，原來是在汝南相遇的孫乾。孫乾說他本已到了袁紹處見到劉備，最近汝南的黃巾餘黨又在作亂，他們便向袁紹請戰去平亂，趁機脫身。現在劉備已離開了袁紹，若是關羽去袁紹處，恐怕會被報復他殺了袁營兩將之仇。

關羽一聽說此情況，迅速調轉馬頭向汝南進發去會劉備。正在行進之時，不料夏侯惇領着三百騎兵從後面追來，大叫道：「你無過關批件，又一路殺人，大為無禮！待我把你捉拿回去聽候發落！」說罷指揮士兵把關羽一行**團團圍住**。關羽大怒，拍馬揮

刀上前，兩人正要交戰，又一人飛馬而來，原來是張遼為關羽送來曹操給各個關卡的放行命令，夏侯惇雖心有不甘，但也只得放行。

關羽與張遼拱手告別，一行人馬繼續行進。途經臥牛山，山王是關西人周倉，本是黃巾軍將領，張角死後他就在山林聚眾為王。獲報有車隊路過，周倉率眾下山查看，一見到車隊前的紅臉長鬚大漢，就認出了關羽，便帶着眾人下馬向關羽下拜，說：「在下周倉身在黃巾時，就見過將軍。當時因身陷賊黨，不得脫身跟隨。今有幸得以相見，好比**重見天日**，望將軍不棄，收為步卒。」

關羽見他膚色黝黑，高大粗壯，想必是
一條好漢，言語間也頗見誠意，就答允
先收他同行，命令他的部下隨副將返回
山頭，待周倉有了駐地後再召回。

關羽帶了孫乾、周倉及車隊行走了數日，來到一座名叫古城的山城，當地人說幾月前一有位將軍名張飛，帶數十騎兵來此，趕走了不肯借糧的縣官駐紮下來，招兵買馬，屯草積糧，現已有了數千人馬。關羽大喜，對周倉說：「那是我三弟，自從在徐州戰敗失散後一直不知去向，原來在這裏發展！真是**踏破鐵鞋無覓處，得來全不費功夫！**」

關羽喜滋滋地進城去見張飛，誰知張飛聽報是關羽來到，提了矛槍騎馬飛奔過來直刺關羽，口中大罵：「你這**無情無義**的叛徒，忘了誓言，

投降曹操，今天我要和你拚個**你死我活**！」關羽連忙攔住他，說：「任我怎麼分辯你都不會信，且聽聽兩位嫂夫人說吧！」兩位夫人向張飛解釋了

好久，他還是不信。

正在此時一支曹軍殺氣騰騰趕來，原來是曹將蔡陽聽說關羽殺了外甥秦琪，氣得要來報仇。關羽就對張飛說：「等我把來將斬了，以示真心！」張飛親自擂起了戰鼓，一通鼓還沒打完，蔡陽的人頭已經落地。張飛這才解除顧慮，相信關羽。

劉備一聽說關羽和張飛都在古城，就急忙趕來與兩弟相聚，三人抱頭大哭了一場。兩位夫人把關羽**身在曹營心在漢**以及**過五關斬六將**的種種事詳細道來，劉備**感激涕零**，張飛亦深為感動，連聲向關羽道歉。弟兄

三人失散後一年來都不忘昔日情誼，互相尋找，今日終於在古城的關家莊團聚，一敘舊情，於是連日擺宴痛飲，歡樂之情不在話下。

關羽歷經戰敗、屈居曹營、連番苦戰等驚心動魄的情景，今日總算不負重託，把兩位夫人安全護送到劉備身邊，如同卸下肩頭重擔，心頭輕鬆無比。關羽的英雄事跡廣為傳播，以前失散的同夥都回來相見，一些草莽之士都因為崇拜關羽，紛紛前來投靠，一時間三兄弟周圍熱鬧非凡，人丁興旺，三人總算飽經滄桑、**苦盡甘來**，今後之發展指日可待。

名震天下的關羽
地位岌岌可危？

下冊預告

　　承接本冊，關羽過五關斬六將，終於與義兄弟團聚。

　　視劉備如至親的關羽繼續陪着義兄顛沛流離，然而，劉備卻拜了一個乳臭未乾的小子為軍師，二人形影不離，關係比他還要親密；而且赤壁大戰在即，這軍師還不給他任務，實在太目中無人！

　　另一方面，關羽和曹操終於在戰場上狹路相逢，在如山軍令和昔日恩情之間，他又該如何抉擇呢？

欲知後事如何，
且看《三國風雲人物傳8》！

三國風雲人物傳 7
忠義俠士關羽

作　　者：宋詒瑞
插　　圖：HAND SOLO
責任編輯：陳奕祺
美術設計：李成宇
出　　版：新雅文化事業有限公司
　　　　　香港英皇道 499 號北角工業大廈 18 樓
　　　　　電話：(852) 2138 7998
　　　　　傳真：(852) 2597 4003
　　　　　網址：http://www.sunya.com.hk
　　　　　電郵：marketing@sunya.com.hk
發　　行：香港聯合書刊物流有限公司
　　　　　香港荃灣德士古道 220-248 號荃灣工業中心 16 樓
　　　　　電話：(852) 2150 2100
　　　　　傳真：(852) 2407 3062
　　　　　電郵：info@suplogistics.com.hk
印　　刷：中華商務彩色印刷有限公司
　　　　　香港新界大埔汀麗路 36 號
版　　次：二〇二三年三月初版

ISBN: 978-962-08-8179-4
© 2023 Sun Ya Publications (HK) Ltd.
18/F, North Point Industrial Building, 499 King's Road, Hong Kong
Published in Hong Kong SAR, China
Printed in China